# GISSELLE EL AMOR Y EL TIEMPO

# Gisselle el amor y el tiempo

Carlos Riveros

# Contents

ISBN 979-8-218-90202-5

A toda persona que cree en el poder del amor como
parte de la vida en cualquier momento, lugar y
circunstancia.

# Epígrafe

"Aprendí que nadie me pertenece, y aprendí que estarán conmigo el tiempo que quieran y deban estar, y quien realmente está interesado en mí, me lo hará saber en cada momento y contra lo que sea..."
Jorge Luis Borges

# 1

## La Cafeteria

Ese día de agosto de 2024, un poco lluvioso, el doctor Karl Vianco se encontraba sentado en una mesa del café al que tradicionalmente asistía, antes de ir a casa, cada noche después de sus intensas jornadas de trabajo como médico cardiólogo en el Rush University Medical Center Hospital en Chicago.

En ese lugar, no necesitaba ordenar su pedido porque casi todos los meseros, sin preguntar, le servían un capuchino muy caliente sin azúcar y un pandebono con un poco de mermelada de guayaba en el plato, que él esparcía en el pandebono justo después de darle un pequeño mordisco.

Era como una especie de ritual que día a día cumplía sin falta, excepto los sábados y domingos, a no ser que por motivos de trabajo no lograra su entrada al *café de al lado*, en inglés "side cafe", como se llamaba aquel local de propietarios latinos, que le apostaron con éxito, desde su creación catorce años antes, a vender platos típicamente latinoamericanos.

Karl pensaba que ese lugar tenía cierto encanto para los usuarios regulares, que no eran pocos.

Mientras esparcía esa mermelada que contenía trozos de algo que pretendía ser de fruta con sabor artificial a guayaba, miraba con curiosidad la decoración que, aunque sencilla, capturaba su atención cada día.

Miles de objetos antiguos colgaban de las paredes, sin un orden específico, y era difícil identificar algunos.

Ese día su mirada se dirigía hacia un grupo de pequeños objetos agrupados en una esquina y que no recordaba haber visto antes, aunque seguro sí lo estaban porque se notaba muy poco esfuerzo en eliminar las casi imperceptibles telarañas que unían las superficies entre sí.

Él se preciaba de tener una gran visión, no por lo aguda, sino porque su cerebro era especialmente fino para detectar detalles que nadie más podría.

Percibió con algo de extrañeza que uno de los objetos era interpretado por su mente como un vibrador de uso femenino que en alguna de las conferencias de un colega ginecólogo había conocido.

Con el ánimo de reconsiderar, desvió la vista hacia su taza de café y con su mano derecha la llevó a su boca para darle un sorbo.

Al mirar nuevamente la figura, se trataba, tal vez, de una especie de destapador de botellas, que, por su forma y color rojo, podría ser mal interpretado.

Realizó un gesto de sonrisa como permitiendo juzgarse a sí mismo por dejarse guiar por ese pensamiento de alguna forma pecaminosa.

Karl sabía por qué eso le pasaba durante las últimas semanas o tal vez… años, lo sabía bien, pero trataba de evitar ese pensamiento para no aceptar su realidad.

A sus 57 años, era un científico, un amante de su trabajo médico, humanista como ninguno de los médicos que conociera antes.

Hijo mayor de padres latinos provenientes de México y Venezuela, pero con ancestros nórdicos, de donde se originaba su nombre, ambos profesionales y habían emigrado a los Estados Unidos poco después de su nacimiento en Costa Rica, donde la pareja vivía como parte de sus trabajos.

Inicialmente creció en California y a la edad de 10 años todos se trasladaron a Tampa, donde transcurrió su niñez tardía y juventud.

Consiguió un cupo para estudiar medicina en Chicago, donde también realizó sus estudios de especialización.

Destacaba su inteligencia y sentido común, pero más su personalidad segura y asertiva, no guardaba nada para después, superaba obstáculos más por su tenacidad que por destreza.

Apenas terminando su especialización en Medicina Interna, se casó con su novia que además era una mujer hermosa y llena de atributos intelectuales, con quien tuvo dos hijos que para ese momento tendrían una edad de alrededor de los 25 y 27 años.

Para Karl, probablemente no existió nunca la idea de que hubiera en el mundo una persona que causara en su mente dudas de lo que significaba el amor por una mujer, aunque su apariencia elegante y belleza varonil no escapaban a las pretensiones de otras mujeres que rodeaban su vida, a las que nunca sucumbió.

Al sentir el agradable sabor del café que percibía de origen colombiano por su suavidad y aroma, recordó las palabras de su mejor amigo Jorge, quien decía cada vez que podía en reuniones de amigos...

*"La realidad puede fallar a veces, pero en últimas siempre te atropella".*

Karl seguía sentado en esa silla, su mente, sin notarlo, buscaba entre la gente a una persona. Quería verla nuevamente, aunque fuera de lejos, pero verla.

Hace un tiempo la conoció, y desde entonces no lograba sacarla de su cabeza.

Él pensaba que no estaba bien eso que sentía, que no era una buena situación.

*Definitivamente no lo era...*

Gisselle Rodelis, médico general de 32 años graduada en Argentina, había viajado desde ese país después de graduarse para intentar avanzar sus estudios de especialización en Medicina Interna, ya llevaba en el país más de tres meses al que llegó con su recientemente esposo, que, aunque también era médico, había decidido no continuar sus estudios y dedicarse a trabajos alejados de esta ciencia.

Llegaron inicialmente a Texas, donde logró cursar una rotación con el Dr. Filkenstein, famoso internista y oncólogo que la aceptó como rotante en su oficina donde atendía más de treinta y cinco pacientes diarios.

Una vez completó exitosamente su rotación, buscó la forma de conectarse con la práctica del Doctor Vianco, que la recibió para una segunda rotación.

El objetivo realmente era mostrarse profesionalmente para obtener cartas de recomendación que le ayudaran a completar los requerimientos para presentarse ante el Board de certificación médica del país y así lograr competir por un puesto como residente en un hospital que la certificara como especialista en Medicina Interna.

Obtuvo del Dr. Filkenstein una excelente carta de recomendación que alababa sin reservas su profesionalismo.

Mientras terminaba su café, ya frío, Karl no pudo esconder una lágrima corriendo por su mejilla, que logró secar rápidamente con una servilleta sacada de un pequeño recipiente que había en cada mesa para usarla a discreción de los clientes.

Pero esa sería solo una de miles de lágrimas que salían llenas de un dolor profundo que recorría su pecho, como si se abriera mostrando su corazón desgarrado de tristeza.

Dejó salir un pequeño sollozo que ahogó con una respiración profunda que reducía sus lágrimas.

*Era el sollozo de un hombre enamorado.*

Él no entendía cómo podía sentir eso una persona tan inteligente, capaz de sobrepasar las más altas pruebas de conocimientos y entrenamiento médico, capaz de resolver sin dudas los más complicados casos de medicina interna. Era un sentimiento que lo doblegaba y peor que lo hacía susceptible.

Era viernes…. Precisamente el día en que inicialmente se veían en secreto cada semana.

Por su mente corría el mueble de su oficina a la altura de su cintura, donde él la sentaba para amarla sin medida.

Era eso…

*Cuatro años no habían sido suficientes para olvidar.*

# 2

# Comienza Una Historia

Años atrás, en septiembre de 2019, justo el último día de su rotación en su grupo de práctica, Gisselle se encontraba sola en el pequeño cuarto de descanso de la oficina, donde se podía tomar café y sentarse por descansos cortos para los empleados.

Ella sabía que Dr. K, como cariñosamente le llamaban no solo los colegas, sino también los empleados e inclusive los pacientes, estaría por un tiempo, presente en la oficina antes de salir a su casa cada noche.

No sería el primer encuentro de miradas, desde el primer día en que se vieron a los ojos, inclusive antes de ser presentados, la química era cada vez más difícil de disimular.

Aunque hasta ese día no había más que palabras amables y cortesía entre los dos, Karl sentía una profunda inquietud de tenerla cerca, de verla nuevamente, de sentir su perfume.

*Sabía que era su último día en la oficina.*

Al pasar por la sala de descanso, casi sin mirar, podía sentir su presencia, su olor.

Por un segundo, detuvo su caminar lento como queriendo entablar una conversación con ella, pero siguió caminando lenta y silenciosamente hacia su oficina situada justo al lado, solo separada por una pared de aquel cuarto de descanso.

Se alcanzaba a oír el sonido de la cafetera y él sentía que lograba oír el murmullo de la respiración de Gisselle, que le causaba palpitaciones.

Se sentó en su silla acomodando su computador laptop para terminar las notas de pacientes vistos durante ese largo día.

Una a una salían las empleadas de la práctica no sin antes despedirse con un...

*"bye Dr K, have a good rest of the day"*.

Él sabía que Gisselle no había salido aún, porque cada día, antes de salir, ella se paraba en el marco de la puerta y de forma tímida y casi temerosa se despedía de él, con una mirada tan penetrante que lo hacía bajar la vista para evitar que notara lo que pensaba mientras lo hacía.

Ese día no fue la excepción, él no podía contener el fino temblor en su cuerpo cuando sintió que Giselle estaba justo a dos metros de él, parada en la puerta, mirándolo.

Sin él saberlo, ella lo miraba fijamente como si no quisiera despedirse, como si no quisiera que se acabara ese momento.

Algo muy fuerte hacía que ese hombre, que doblaba su edad, perturbara su mente, desnudara su ser, penetrara sus ojos sin piedad hasta apoderarse de su cerebro.

Por muchas semanas, desde que lo conoció, no podía dejar de pensar en él. Resultaba un hombre extremadamente sensual para ella, y, aunque sabía que era casado y que ella también lo era, no lograba racionalizar la situación, simplemente no lo lograba. Cada noche al salir de esa oficina médica, pensaba...

- *"¿Qué será lo que tiene?". Pensaba una y mil veces....*

- *"Se mueve lento, no tiene nada de pretensión, aunque se ve seguro de sí mismo, resuelve casos médicos con facilidad, no me trata de seducir, pero hay algo más que no puedo definir y que no había sentido con hombre alguno".*

Parada en esa puerta pensaba que si por algún motivo ese hombre, que le parecía tan apuesto, le insinuaba que quería besarla....

*Lo haría sin pensarlo.*

Por algún motivo que no precisaba, no quería dejar de verlo... no quería... desde que lo conoció, simplemente no quería dejar de verlo.

Sintió una parálisis de su cuerpo al darse cuenta de que él la miraba.

No sabía por cuánto tiempo la estuvo mirando, y temía que sus pensamientos la delataran.

- *"Doctora Gisselle"*, le dijo en una voz pausada que le caracterizaba.

- *"Sé que es tu último día con nosotros"*, siguió, *"he tenido muchos médicos rotando conmigo, pero hay algo especial en usted que la hace brillar"*, hizo una pausa corta y sin perder el hilo siguió...

- *"Empatía y sentido común"*, repitió, *"empatía.... sentido común así se llama su poder como médico frente a otros... nunca se olvide de eso, porque eso es lo que la hace mejor, no los conocimientos, porque los conocimientos los tiene cualquiera que estudie un libro".*

Por unos segundos guardó silencio como organizando sus próximas palabras.

- *"He recibido varios comentarios de pacientes que Usted ha atendido que confirman lo que le estoy diciendo"*, dejó una pausa y la miró.

Después de otra pausa de pocos segundos de silencio continuó...

- *"Me impresionó porque no lo veo frecuentemente entre los médicos que se están entrenando, y no lo veo porque hace parte de la inteligencia emocional de la persona, de la madurez intelectual y social".*

Devolvió su mirada a su computador portátil y anotó un par de líneas.

Después de un corto tiempo volvió su mirada a ella.

- *"Estoy escribiendo las ideas para su carta de recomendación, sin embargo, me gustaría que nos sentáramos con calma un día a discutir aspectos en los que se puede mejorar y tips que la experiencia me ha dado"*, dijo Karl con un aura de seriedad.

Ella, que pensó por un momento que no habría oportunidad de verlo nuevamente, dejó brillar sus ojos color canela y casi sin esperar, respondió,

- *"Claro Doctor, de hecho, es algo que me gustaría mucho".*

Gisselle guardó un silencio que parecía interminable, recogió con sus manos el largo y oscuro cabello que adornaba su cabeza, con la esperanza de que ese hombre sentado justo al frente de ella le diera fecha y hora.

Cinco largos segundos pasaron y, como si se pusieran de acuerdo, al unísono dijeron...

- *"Podría ser mañana"*, seguido por una sonrisa que espontáneamente salió de los labios de Karl.

Era una buena idea poder sentarse tranquilamente en un sitio neutral para conversar acerca de los planes de Gisselle y lo que iba a encontrar durante el camino a la residencia.

Eso lo había hecho anteriormente con algunos de los médicos rotantes que él identificaba que tendrían un buen futuro para ser considerados como de interés para nutrir la práctica, una vez culminaran su entrenamiento y adquirieran su licencia para practicar en el país.

*- "Hay un restaurante en la calle de al frente, en el primer piso del hotel Marriott que sirve de hospedaje para familiares y visitantes del complejo hospitalario, no es muy elegante, pero tiene buena comida y buen servicio"*, dijo Karl, buscando en los ojos de Gisselle la aceptación a esa invitación.

*- "¿Le parece bien a las 12:30?"*, preguntó Gisselle.

*- "Me parece... es un trato"*, repostó Karl rápidamente.

Él se levantó para darle la mano en señal de despedida, dejando notar que ella le intranquilizaba, tropezó con su propio asiento y dejó caer de su escritorio un teléfono cuyo cable se enredaba siempre que se levantaba.

Se estabilizó inmediatamente y ella se había acercado para sostenerlo.

De hecho, a ella le atraía mucho la personalidad de Karl, sin pretensiones, muy seguro de sí mismo, pero algo despistado. Al incorporarse completamente, sus caras quedaron tan cerca que casi podían sentir sus respiraciones.

En ese momento, ninguno de los dos retrocedió.

Él extendió su mano lentamente y ella hizo lo propio. Sus manos se entrelazaron de manera suave y perfecta, se sintió como si hubieran firmado un pacto sagrado, un pacto que no depende de documentos por firmar....

*Un pacto de amor.*

No cruzaron más palabras, pero no era necesario, el amor mostró su mejor cara, tanto él como ella, sin decirlo, sentían que sus mundos se adornaban, florecían.

A pesar de la filosofía, de lo correcto, de lo usual, de las situaciones, a pesar de todo.

Los dos empezaron a conocer fácilmente que el verdadero amor que nace espontáneamente, fluido, no tiene condiciones, sin siquiera notarlo, emprendieron un camino de felicidad que no conocía límites, entrega total sin siquiera un mal pensamiento, se veían con ojos deslumbrados...

*Mágico.*

# 3

# El Encuentro

Él llegó temprano al encuentro en ese restaurante que ya conocía.

Parado en la entrada, no pudo evitar tratar de dar una mirada objetiva como asegurándose de que ella no percibiera aquel sitio, escogido por él, como algo inadecuado para encontrarse, quería que ella lo sintiera como un lugar bonito y confortable, a su altura.

*Muchos pensamientos cruzaban por su mente.*

*- "¿Qué hacía que esa hermosa mujer sintiera esas ganas que él también sentía de encontrarse a solas, sin testigos, sin reglas?".*

Varias veces él había sentido, después de percibir de cerca su olor y su mirada, que desarropaba sus sentimientos por ella durante sus encuentros casuales en los corredores de la oficina, las ganas de desnudar su cuerpo, de descubrir sus pechos perfectos, de sentirla jadeando de ganas por él.

De hecho, había sentido la necesidad de masturbar su cuerpo pensando en ella.

Era algo más de las 11:30 a.m. cuando Karl entró presuroso en el lugar, como calculando que nadie ocupara la mesa que justo quedaba al fondo de ese sitio, en una esquina privilegiada porque permitía "es-

*conderse"* entre algunos pequeños árboles sintéticos que adornaban el lugar en su interior y que ofrecían una privacidad que él buscaba ese día.

Casi sin atender a la mesera y sin esperar ser acomodado, él siguió caminando hasta llegar a la mesa que quería ocupar.

La mesera simplemente lo siguió con un menú en la mano como pretendiendo entender lo que buscaba.

Karl sintió un alivio inusitado al constatar que esa mesa estaba vacía.

Sin tomar pausa, se apresuró a sentarse en la silla que lo posicionaba mirando hacia la pared. Sin embargo, no dejaba de enviar miradas hacia la puerta de entrada.

Era evidente que estaba esperando a alguien.

- *"Buenos días, mi nombre es Beatriz, voy a ser su mesera el día de hoy, le dejo el menú y vuelvo con agua para tomar su pedido"*, dijo la mesera, *"veo que espera a alguien"*.

Karl asintió con una señal de su cara.

Pasaron varios minutos que para él fueron interminables horas antes de verla entrar en el lugar.

El tiempo se detuvo, como si necesitara ese tiempo para observar detalladamente a esa mujer, esa mujer que producía en el un efecto que él mismo no sabía describir.

- *"¿Era magia?, ¿ilusión?, ¿acaso un espejismo?... no lo sé"*, pensaba en silencio.

Un silencio que dejaba mostrar su rostro de felicidad como nunca antes creía haber sentido.

Karl estaba acostumbrado a recibir mujeres muy jóvenes y hermosas en su oficina, pero jamás sintió lo que sentía con ella.

El temor que hacía unos minutos sentía de ser descubierto en una cita que, aunque no era explícitamente escondida, representaba para él lo inusual, lo que nunca hacía y nunca pensó hacer, se disipaba al verla.

*Sentía una emoción sin precedentes.*

Ella se veía preciosa, cara angelical, con postura elegante, vestía sobriamente, pero sin esconder una figura discretamente sensual.

Su vestido azul claro dejaba notar las curvas perfectas de sus senos que se encontraban en un escote elegante y para nada sugestivo.

Bajó su vista para ver sus caderas que se movían al paso de sus piernas de muslos firmes.

Por un minuto, mientras era recibida en la entrada, dio un pequeño giro que dejó ver sus majestuosos glúteos, firmes y redondos, completamente hermosos. Su pelo largo y cadencioso se movía al ritmo de su caminar.

Pero más que nada, su sonrisa, que dejaba ver sus dientes perfectos y blancos, que provocaba en quien la tuviera enfrente, una sonrisa mayor, como si contagiara sin remedio.

Él se levantó para recibirla, no sabía si saludarla con un beso, con la mano o tan solo con gestos amables.

Era un momento extraño para los dos, sabían de alguna forma que no tenían un motivo para estar ahí, en ese sitio, juntos en una cita que por alguna razón sonaba a algo oculto.

Pero los dos casi intuían que necesitaban tener esa cita antes de cambiar sus caminos para siempre.

Ella se veía segura, pero en realidad, mientras caminaba a esa mesa, donde ya había visto que él la esperaba, miles de pensamientos atravesaban su mente.

- *"Es un hombre casado, mucho mayor que yo, y yo soy una mujer recién casada"*, seguía pensando, *"¿qué hago acá, por qué estoy acá?"*.

Al mismo tiempo, al mirarlo pensaba...

- *"Es hermoso, varonil, sabio, inteligente, necesito hablar con él"*.

Mientras más se acercaba a la mesa, más rápido latía su corazón.

Sentía algo que no había sentido antes, una atracción que no cesaba, que no quería dejar sin explorar.

Tranquilizaba su mente diciéndose a sí misma en silencio...

- *"No tiene por qué pasar nada entre los dos... Es solo una amistad."*

Karl la recibió con un beso que intentaba alcanzar su mejilla, pero por alguna razón sintió la comisura de sus labios tocar las suyas, tal y como había sucedido durante su despedida la noche anterior.

Ella sentía que eso derretía sus sentidos.

- *"¿Por qué siento esto tan fuerte?"*, se preguntó Gisselle mientras se sentaba en esa mesa.

Una vez sentados, los dos sentían como si el mundo estuviera vacío, excepto por ellos. De pronto, todo y todos a su alrededor desaparecieron.

*No había nada más.*

Solo ellos, en silencio, rodeados por estrellas que iluminaban el espacio donde flotaban.

Quizá no lo sabían en ese momento, pero el universo les asignaba ahí, en ese instante la misión de ser almas gemelas, algo que ni él, ni ella entendían todavía, porque faltaría una historia por vivir para sellar ese nombramiento.

Pidieron algo ligero, música romántica y suave los acompañó como testigo y a la vez produjo el efecto relajante.

Brindaron con una copa de *"El gran enemigo"*, el vino que él acostumbraba pedir solo en ocasiones relevantes y que ciertamente produjo en ella una relajación total, de cierta forma placentera, que invitaba a abrir puertas.

En medio de la conversación ella no pudo evitar pensar...

- *"Qué fácil es amar a este hombre"*.

Hablaron de muchas cosas inicialmente irrelevantes, pero poco a poco sentían la coincidencia en formas de pensar, en gustos, colores. Hablaron de todo un poco, pero nunca tocaron el tema de su situación de pareja... preferían no hacerlo, como si ninguno de los dos quisiera dañar al momento, o quizá... simplemente no importaba para ninguno de los dos en ese momento de magia, de oxitocina pura.

Gisselle sintió que jamás se había sentido tan feliz con persona alguna, que jamás había admirado y al mismo tiempo deseado a alguien con tanta fuerza.

-*"¿Crees que debemos ir a un sitio más privado?"*, preguntó Karl con algo de timidez.

*Ella no necesitó responder... su cara lo decía todo.*

Pagaron la cuenta rápidamente y emprendieron rumbo hacia el lugar y momento en que el amor les exigió más entrega, más latidos, más sudor...

*Más.*

# 4

# El Hotel

Entraron a la habitación presurosamente con temor de ser descubiertos, pero con la seguridad que los dos sentían de querer la inmersión en ese mundo aparte que trascendía cualquier papel, cualquier relación anterior, cualquier historia.

Al cerrar la puerta, eso fue precisamente lo que sucedió en la mente de los dos.

Parecía como si el mundo se detuviera, como si no existiera nadie más que ellos dos, sin explicaciones que dar, sin justificaciones que buscar, sin interés diferente que amarse, cómplices.

Karl sentía un impulso nunca conocido previamente, que Gisselle sintiera el amor profundo que él sentía por ella.

Se volvió en ese preciso instante de vital importancia hacerla sentir segura, veía en ella la mujer que buscó su vida entera, con la que quería compartir su vida en adelante.

Ella tenía exactamente lo que él, sin saber, añoraba de una mujer, de una compañera de vida, de una amiga y amante. Él así lo sentía.

Karl la tomó de la mano firmemente, la miró a los ojos y le dijo...

- *"Giselle... yo no he dejado de pensar en ti un solo minuto, es como si toda la vida te hubiera esperado"*, guardó un segundo de silencio mientras le daba un beso, y seguía diciendo...

-*"Sé que no es normal, que los dos tenemos relaciones que debemos respetar, pero no puedo callar mi corazón, esto va más allá de mi razón"*, hizo una pausa y siguió... *"solo quiero saber si tú estás segura de esto como yo lo..."*

Ella puso presurosa su mano en los labios de Karl como para que no siguiera, sabía exactamente lo que él quería saber. ...

- *"Nunca había estado tan segura de algo Karl"*, respondió Gisselle en voz de susurro, como si contara un secreto.

Él acercó su cuerpo sosteniendo su mano con los dedos entrelazados con los de ella, lentamente se acercaron hasta que podían nuevamente sentir sus respiraciones.

Giselle sentía que su cuerpo se estremecía sin que ni siquiera la hubiese tocado, súbitamente la invadió un placer que nunca sintió con hombre alguno al notar su órgano viril endurecido que alcanzaba a tocar su muslo.

Sintió cierta humedad en la vagina que sutilmente anunciaba su preparación para el hombre que sin pensarlo se volvía dueño de todos sus deseos.

Sentía que nunca había deseado ser penetrada tanto como en ese momento, todavía vestida.

-*"Qué hermoso es, qué varonil"*, pensaba Gisselle mientras lo miraba.

Él empezó a desvestirla exponiendo sus senos, y, aunque no hacía frio, sus pezones se endurecían como despertando al amor, al deseo. Ella sintió la necesidad de tocar su piel y se atrevió a desabotonar su camisa. Al caer las camisas al suelo, ella, con algo de verguenza, se acercó a él hasta juntar sus pechos. Se sentía un calor cómodo, como si se pertenecieran uno al otro. Desde ese punto ambos aceleraron ese momento hasta quedar completamente desnudos.

Karl sentía una especie de instinto animal que se apoderaba de él de una forma que no podía controlar. La recostó suavemente en la cama mientras él la acompañaba, apoyándose en ella y acomodándose sin dejar de mirarla.

-*"Qué hermosa es"*, pensó en ese momento.

Los ojos de Gisselle le confirmaban que ese mismo placer lo sentía igual, casi aprobando cada paso, como si se conocieran en la intimidad de mucho tiempo, era simplemente fácil estar juntos.

Al verla en la cama, desnuda, detalló cada parte de su cuerpo, una cara adornada por labios gruesos y jugosos, ojos que brillaban como estrellas y expresaban un placer infinito, una felicidad plena de estar ahí, a punto de regalarle un orgasmo a ese hombre que, por una extraña razón, sentía que amaba desde que nació.

Karl seguía cada detalle mientras Gisselle se acomodaba en esa cama guiada por él después de haber sentido las ganas de mujer con deseo de ser poseída por su hombre, sus curvas eran perfectas, los senos, enaltecidos por pezones erectos, invitaban a besarlos suavemente. Su abdomen plano y musculoso se movía dejando ver pequeñas contracciones que anunciaban sus ganas de sentir su erección, de ser penetrada.

Él seguía observándola con admiración, con amor, como quien observa una obra de arte, no pudo evitar llevar sus dedos hasta tocarla suavemente.

Definitivamente lo enloqueció más sentir que ella ya se había humedecido, mucho.… mucho.

Ella sentía que no pertenecía a este mundo, que volaba, pero con él. Como si tuvieran alas blancas que borraban cualquier pecado carnal que en ese momento se cometía según las leyes sociales de las que los dos eran presos. Soñaba que siempre ese hombre fue su dueño, aunque no lo hubiera conocido, era una especie de libertad de vivir con él momentos que, aunque había vivido, en nada se parecían a lo que en ese momento se convertía en su vida.

Se entendían tan perfectamente en esa cama que no necesitaban nada para llegar a la satisfacción total. Gisselle sintió de pronto la necesidad de abrazarlo, de besarlo, no separarse de él. Sintió un amor profundo.

Terminaron rendidos por el cansancio, abrazados, sintiendo sus respiraciones con deseo. Era fácil amarse, era fácil estar juntos.

Después de hablar de miles de temas, de darse muchos besos, durmieron un largo rato antes de repetir la faena, pero esta vez ella, interpretando el deseo de Karl, usó posiciones que le hacían sentir nuevas sensaciones que, aunque desconocía previamente, definitivamente le gustaban…

Le gustaban mucho.

Volvieron a dormir rendidos de cansancio para despertar con la sensación de que se hacía tarde y debían volver a sus mundos. Los mundos a los que realmente pertenecían.

# 5

# Inseparables

Después de ese día, Gisselle decidió seguir asistiendo a la rotación con Karl. Era realmente la necesidad de verlo, de sentirlo, lo que la guiaba.

Ella no lograba entender qué había en él que tanto le atraía hasta el punto de olvidar cualquier relación que tuviera...

*Incluyendo a su esposo.*

Dentro de sí empezó a percibir a su esposo, con quien a pesar de haberse casado recientemente, ya tenía una relación desde jóvenes adolescentes, como un personaje poco significativo, que aportaba mínimamente a su inteligencia y a su necesidad de mujer.

La tarde lujuriosa con Karl, le mostró un lado de sí misma que no conocía, una sexualidad que le era nueva pero que disfrutó como nunca antes lo había sentido.

Cada vez que se veían, al final de cada jornada, hacían el amor como si fuera la primera vez, pero también como si fuera la última, como si no hubiera un mañana, como si lo que dejaran de hacer no volvería a sus vidas con persona alguna.

Empezaría también una rutina de mantenerse comunicados a través de mensajes, se mandaban señales de amor casi continuamente, cada momento libre era una excusa para decirse cuánto se extrañaban.

Frecuentemente se encontraban en el parqueo de un concurrido almacén de cadena cercano a la oficina y, tal como si fueran adolescentes, hacían el amor en la parte trasera de su auto con temor de ser descubiertos, pero con la seguridad de una relación que los hacía sentir completamente confortables.

Karl, en el momento que transcurría de su vida, con emoción buscaba el parqueo más oscuro y aislado del lugar, cuidadosamente acomodaba el auto de forma poco sospechosa y analizaba las posibilidades de ser descubiertos.

Por su parte, Gisselle lo esperaba en el mismo lugar escogido, se bajaba de su auto y los dos se sentaban en el asiento trasero. Estratégicamente vestida con falda corta que facilitara lo que los dos querían…

*Copular, amarse.*

Después de cerrar la puerta, el mundo quedaba aparte, simplemente desaparecía, no existía, solo ellos dos. Ella se sentaba de frente a él como quien monta un caballo.

*Cabalgaba, cabalgaba, cabalgaba.*

Aunque transcurría poco tiempo en eso, y presurosamente se acomodaban uno al lado del otro después de sentir sus coitos, para ellos era la vida entera.

*Así lo sentían.*

Terminaban en un abrazo fuerte, como evitando que el tiempo pasara, como evitando que ese momento especial de sus vidas siguiera su curso.

Una vez sentados uno al lado del otro, con el cansancio feliz de un orgasmo, terminaban su tiempo de estar juntos ese día con una conversación larga, interesante, sosegada.

No había temas prohibidos, era una delicia hablarse, porque esa conversación les hacía entender a los dos por qué se buscaron, por qué se encontraron, por qué se atraían tanto.

Karl la miraba a los ojos y pensaba...

- *"Qué inteligente es, pudiera hablar horas, noches enteras con ella, necesito tiempo".*

A su vez, ella lo miraba pensando mientras él hablaba...

- *"Cada cosa que dice me abre un mundo, supera mi sensatez, mi inteligencia, qué bello es".*

En ocasiones no podían aguantar las ganas de tener un encuentro furtivo que sucedía en medio de unos de los cuartos de examen de su clínica, y aunque el tiempo y la situación no permitían una penetración, sí ocurrían caricias y besos que afianzaban esa relación que para nada percibían pecaminosa.

Solo se amaban, no necesitaban explicación.

Canciones, poemas, escritos, corazones y emojis iban y venían sin parar.

Gisselle se molestaba si pasaba mucho tiempo sin saber de ese hombre que no podía evitar amar. Karl sentía que el corazón sobrepasaba su pectoral cada vez que recibía un mensaje de ella.

Ninguno de los dos hablaba de sus parejas, ni bien, ni mal. No porque hubiera un pacto de no hacerlo, su capacidad para entenderse era tan fluida que no necesitaban poner reglas, era entendimiento fácil, simple.

Eso les permitió una tranquilidad y una plenitud que no era interrumpida por detalles, que no dependía de factores externos, solo vivían la felicidad de la relación entre dos sin peros.

En medio de una relación que nació espontánea, fácil, sin preguntas, sin exigencias, empezó entre ellos otra de amistad y confianza que sobrepasaba también su sexo.

Los detalles y extensas conversaciones acerca de muchos temas se volvieron el endulzante de los estallidos sexuales. Era como la cereza en el tope del pastel.

Sentían una cómoda coincidencia de formas de ser, de pensar, sin esfuerzos.

*Se sentían almas gemelas.*

Cada día comenzaba al despertar con la sensación de querer encontrarse, verse, hablarse, hacerse el amor, abrasarse después del amor, y después del cansancio, perderse en conversaciones tan deliciosas como el amor mismo.

Sabían que se encontraban en momentos diferentes de sus vidas y lo hablaban abiertamente, sin tapujos. Pero se permitían soñar con una vida juntos.

Llegaron a conocer tanto sus pensamientos, sus gustos, su forma de vida, que acomodaban en un mundo imaginario como sería su vida juntos, visualizaron un apartamento justo enfrente de la oficina, ella sería parte de la misma clínica, ya como doctora, se levantarían juntos a trabajar, en la tarde saldrían a cenar juntos y de noche compartirían música y vino juntos, viajarían y conocerían el mundo juntos, verían las mismas películas de comedia romántica que los dos disfrutaban.

Era fácil soñar juntos.

*Soñar...*

# 6

---

# Vientos de Separación

Vivieron más de un año de una felicidad infinita, sin dudas, ni siquiera existió el remordimiento de no pertenecer legalmente el uno al otro, lo que internamente sentían el uno con el otro tal vez era lo que los dos sentían que debía ser el matrimonio, una felicidad que nacía de las fibras más profundas del corazón.

Empezaron, sin embargo, vientos que enrarecían el ambiente de esa unión, las noticias llegaron a Gisselle respondiendo a sus aplicaciones para realizar estudios de especialización, anunciaban que deberían separarse probablemente por más de tres años, que era el tiempo que duraría su entrenamiento de especialización.

Ni Gisselle, ni Karl querían separar sus vidas, en ese momento era lo último que aceptarían. Decidieron organizar un plan para verse en secreto durante el tiempo que ella estuviera en entrenamiento.

Él viajaría cada uno o dos meses a la ciudad donde el programa de residencia escogida se ubicase. Durante el último año, cada semana se veían al menos dos veces.

Los días en que no se veían, tanto ella como él, se hablaban al menos dos o tres veces, él dedicaba canciones y ella respondía con corazones e imágenes de las redes.

De vez en cuando, siempre que aumentaban las ansiedades del deseo sexual, se enviaban mensajes subidos de tono que los dos disfrutaban, se ponían sobrenombres sugestivos, él le llamaba "*golosa*", por la forma como disfrutaba el sexo con él sin parar.

Ella lo llamaba "*lindo*", por la sensación que le daba percibirlo como un hombre extremadamente atractivo físicamente y en su actitud segura y apasionada.

Su relación se perfeccionó en corto tiempo tan profundamente que eran capaces de separar el sexo amoroso del salvaje, de los instintos.

Por momentos él la trataba como prostituta en la cama, lo que ella percibía como algo innovador y sensual que después volvía al trato enamorado y suave de la mujer amada.

La unión era perfecta, la relación como pareja era fácil y llena de temas inherentes a su profesión que hacían que se entendieran de forma fluida.

Realmente sentían la felicidad de lo que sus sueños alguna vez deseaban de una relación. Juraron nunca separarse, lo juraban una y otra vez.

Karl siempre pensó que a pesar de sentir una atracción nunca antes conocida para él por Gisselle, no sería capaz de abandonar su hogar que compartía con su esposa y sus dos hijos, uno de ellos adolescente tardío y el otro apenas cumpliendo su mayoría de edad.

Sin embargo, en ocasiones divagaba su mente tratando de imaginar lo que sería, por un lado, el escándalo de un divorcio y por otro, la vida con Gisselle, día a día. Ella era una mujer mucho más joven y querría hijos propios sin duda.

Frecuentemente su mente navegaba en las aguas de la culpa de siquiera pensarlo y el costo moral y personal de hacerlo.

-*"Voy a vivir 20 años de felicidad y prosperidad con Gisselle, pero probablemente al cumplir los 80 años ella sería una mujer de 50 años, todavía llena de juventud y bríos"*, pensaba Karl.

Aunque él creía firmemente que el amor lleva necesariamente a la entrega y en algún momento queda atrás la importancia de la apariencia física y se transforma en una especie de gusto espiritual por la presencia de esa persona amada, no podía evitar pensar si no le ocurriría con Gisselle el temido abandono en momentos tardíos de su vida, como si llegara el castigo por seguir ese camino.

- *"Si fuera así, hubiera valido la pena...esa mujer es mi alma gemela"*, pensó.

Gisselle por su parte nunca pensó en ese aspecto de su relación, lo admiraba y amaba con la simpleza de la mujer enamorada profundamente en una relación que le gustaba, que le satisfacía, sin embargo, sentía cierta inquietud por ser, en algún momento la causante del sufrimiento de separación de Karl con su esposa y más, el cambio de relación con sus hijos.

Ella lo sabía porque sufrió en carne propia la separación de sus padres durante la infancia. A pesar de estos momentos de realismo mental en que cada uno por separado se sumía, la relación nunca se afectó por ellos.

*Sencillamente no hacían parte de su mundo juntos.*

# 7

# La Separación

Llegó finalmente lo que los dos temían tanto.

Ella fue aceptada en el programa de residencia de la Universidad de Pennsylvania en Filadelfia.

A pesar de que él mismo escribió la mejor carta de recomendación, no solamente por su vínculo afectivo con ella, sino porque en realidad era una mente brillante, en ocasiones temía que ese impulso la alejaría de él para siempre.

Mientras escribía la recomendación, por momentos lo interrumpían sus pensamientos.

*Era algo conocido para él.*

Sabía exactamente qué escribir para impulsar su carrera, de hecho, él mismo debía leer estas cartas de recomendación para aceptar estudiantes y médicos en los lugares de práctica.

*Sin embargo, ahora era diferente.*

- *"Soy mucho mayor que ella"*, pensó en voz alta

Sus manos parecían paralizadas en el teclado de su computador.

*- "Siento que tengo mucho más que vivir con ella".*

Karl trataba de interrumpir su propio pensamiento, pero algo lo impulsaba a seguir...

*- "Podríamos alejarnos tanto que dejemos de sentir la necesidad que ahora sentimos por vernos, ella va a querer tener hijos, que yo ya tengo".*

En varias ocasiones tuvo que apagar el computador para alejarse de esos pensamientos de alguna forma egoístas.

*-"Si no la apoyo, podría no conseguir el camino que yo he conseguido y que me ha hecho feliz"*, pensaba sin cesar.

Terminó su carta de recomendación que debió enviar directamente al director del programa escogido.

Gisselle varias veces le pidió que le mostrara lo que decía, sin embargo, él era esquivo con el tema y finalmente ella nunca la vio, aunque presumía que sería muy positiva.

La suerte estaba echada, cada día acercaba el momento de viajar a su nuevo destino.

Ella sentía un vacío que le recorría el pecho, una necesidad de asegurarse de que él no perdería el camino a ella, sin importar la distancia.

Sentía como si al frente de ella se acercara un gran precipicio mientras era obligada a seguir caminando sin pausa. Doloroso, pero inevitable.

El último día en que se vieron antes de su partida, hicieron el amor como les gustaba, sin dejar de sentir nada, sin guardar orgasmos o eyaculaciones, fue tan mágico que no pensaron en la separación.

*No era posible separarlos... No.*

Pero ese día, al despedirse, un frío recorrió sus cuerpos.

Karl, segundos después de perderla de su vista, en su mente, casi como si viera una película que le producía miedo y soledad, imaginaba cómo ella viajaba con su esposo a un lugar lejos de él.

*Sintió la distancia en su corazón.*

Ella sintió lo mismo, sin decirlo.

En su mente veía por primera vez desde que sus vidas se cruzaron, cómo él entraba a su hogar, saludaba a su esposa de belleza impecable y empezaba una rutina de familia que ella veía en su futuro con Karl, lo que en el pasado veía con su esposo...

*Pero no en ese momento.*

Tristeza, mucha tristeza vendría.

A pesar de que hablaban cada oportunidad, el sentimiento de soledad y de vacío era inevitable. Siempre estaba ahí, como una estaca que, a pesar de estar clavada en medio del pecho, cada día se profundizaba más.

- *"Si esto es morir por amor, quiero morir de verdad"*, pensaban sin decirlo.

Sentían que era difícil superar ese momento.

Para Karl, transcurrían los días entre su trabajo y el final del día.

Cada vez que veía el mueble en que la sentaba para hacerle el amor, el pequeño chocolate que le dejaba en su puesto cada día, el hotel en que se derretían por horas, o el restaurante en que terminaban de enfriar sus ánimos después del amor, él sentía que no tenía un norte, quería salir corriendo y tomar el primer vuelo a Filadelfia, verla, tocarla.

A medida que los días pasaban, él parecía apostarle a la relación, a esperarla.

Cada día ideaba la forma de verla, de visitarla.

*- "Que frágil es la mente", pensaba Karl, "yo que estoy preparado por la vida para no sucumbir ante cualquier adversidad, que la madurez me ha enseñado a no depender de nadie, que el tiempo me ha hecho experto en controlar mis emociones, que frágil es cuando el corazón abre las puertas de tu cerebro al amor", seguía pensando, "cuan frágil y cobarde a la hora de entender..."*

# 8

# Volver a sus Vidas

Ellos hablaban temprano en la mañana antes de empezar sus jornadas y al terminarlas sin fallar.

*Era casi una religión......*

Ante la evidente *"distracción sentimental"* de Gisselle, su esposo y la familia tanto de él, como de ella misma, emprendieron un agresivo plan para recuperarse mutuamente, todo se hizo, incluyendo intervención religiosa.

Aunque no era tema de conversación entre Karl y Gisselle, él tenía la capacidad de intuirla perfectamente.

Algunos comentarios de ella en retazos como…

*-"No sé cómo culpar a mi esposo por lo mal que estamos si yo estoy haciendo algo peor"...*

Le daban las claves a Karl para entender que le costaría mucho trabajo luchar por ella si ella misma estaba sufriendo por su propia relación, relación que venía desde su temprana juventud y que tenía cimientos profundos que se soportaban en las familias de ambos.

Por su parte, Karl, aunque no cambió mucho su rutina, pensaba también que era injusto no amar a su esposa, que era la mujer que lo había acompañado siempre, aunque sintiera que el amor que sentía era probablemente muy diferente del que sintió por Gisselle.

Sin embargo, en algún punto decidió acostumbrarse a volver a su rutina de esposo amoroso, lo que le permitió una mayor paz interior.

Karl no podría olvidar jamás el frío que sintió en sus huesos cuando, en medio de una conversación con Gisselle, escuchaba lo que ya esperaba sin esperar….

Ella sentía que debía darle la oportunidad a su esposo de restablecer una relación normal sin un tercero en medio. Que ella lo amaba, pero a la vez no podía soportar la presión de la pesada imagen de amante sobre sus hombros.

*Gisselle lloraba sin cesar.*

Él no podía evitar llorar también, aunque disimulaba su tristeza diciéndole que era natural que se sintiera así.

Dudó por segundos qué hacer, si luchar por ella y pedirle que se separen y vivan juntos, o callar y esperar que ella reconsiderara su decisión.

No tuvo el valor de pedirle que se quedara con él.

*En ese momento, todo se derrumbó...*

El castillo de cimientos firmes que construyeron juntos con cada beso, con cada orgasmo, con cada caricia se derrumbó sin piedad.

*Un tsunami mental lo devastó.*

Ella le pidió que se alejaran, que no hablaran, que no se vieran... Que no podría soportar verlo otra vez.

Él sabía que era inteligente lo que Gisselle hacía. Pero lo devastó, lo destruyó, lo redujo a cenizas.

Los días siguientes fueron de silencio, mucho silencio. Poco a poco, muy lentamente, pasaban los días.

Karl miraba su teléfono como esperando que ella le escribiera, le llamara, le diera una simple señal de amor.

*Sabía que no podría olvidarla fácilmente.*

Lo sabía porque sentía que nunca había amado a una mujer tanto como a ella. Nunca se había identificado tanto con una mujer, tal vez incluyendo a su propia esposa.

Aunque no bloquearon sus teléfonos, él cumplió su promesa de no comunicarse y ella también.

Sin sentir la ansiedad del vacío, después de dos años, Karl pensaba en Gisselle frecuentemente, la imaginaba tan hermosa como la última vez que la vio. Se preguntaba...

- *"¿Qué será de ti Gisselle?, seguro terminaste tu especialización, te lo mereces sin duda, eres muy inteligente, una gran mujer".*

El tiempo seguía pasando, así como la práctica médica de Karl seguía creciendo exitosamente.

Sin embargo, en algún punto, Karl decidió separarse de su esposa. Fue un tiempo de cambios para él sin duda. Algunas amigas del pasado aparecieron en su vida, que le ayudaron a distraer el momento, pero nunca llenaron el vacío que dejó Gisselle.

Karl retomó las jornadas de pesca y caza con sus amigos, algunos de ellos colegas, para ello se preparaba con la misma pasión que ponía en todas sus actividades.

Le gustaba aprender bien lo que hacía, escuchaba las experiencias de otros para mejorar su técnica.

Tal vez eso lo ayudaba, por lo menos durante esas actividades, a olvidar, a no pensar por qué ella no sentía lo que él sentía, el vacío que taladraba su mente, y sumergía su corazón en una maraña tormentosa de pensamientos que no le permitían tranquilidad.

*- "¿Por qué podía ella vivir sin saber de mí?, ¿qué fui yo para ella?, ¿se acordará de mí?, ¿se despertará en la mañana pensando en mí como yo en ella?, ¿hará el amor con su esposo como lo hacía conmigo?, ¿sentirá lo mismo?, ¿lo abrazará después del amor con la misma fuerza que a mí?"*, se preguntaba cada vez que se encontraba en momentos de descanso.

Pero las preguntas que más le desangraban el alma…

*- "¿Realmente me amaba?, ¿fui un momento de diversión?... quizá no fui nada".*

Cada vez que se lo preguntaba, tenía que hacer un esfuerzo enorme para desviar sus pensamientos…

*A veces funcionaba.*

Sin embargo, justo cuando sentía que Gisselle era parte de un pasado dulce pero amargo a la vez, sucedían cosas, cosas que no lo dejaban olvidar. Rumbo a su casa cualquiera de esos días, conduciendo su auto, oía la radio…

*- "Ahora quiero que escuchen esta canción que, aunque ha sonado poco, para mí es una de sus mejores canciones"*, sonaba el locutor.

- *"Cansado de tener la cabeza en posición, la postura pesa tanto como la reputación, cansado dejo todo relajarse y caer, frente a fuerzas esenciales, al final hay que ceder..."*, sonaba la canción de Jorge Villamizar, del grupo Bacilos.

Karl sabía de esa canción, la conocía bien, ese grupo era el preferido de los dos porque sus canciones guardaban algo de estilo de varias generaciones.

Rápidamente apagó el radio y solo se oía el ruido de su motor, que, aunque era muy silencioso, él pretendía que fuera lo único que oiría durante su camino.

Otro día mientras revisaba su correo personal, encontró un folleto de propaganda para visitar Argentina, con un poema de Jorge Luis Borges, que lo transportó mentalmente a Buenos Aires, ciudad que amaba y de la que tenía los mejores recuerdos.

- *"Aprendí que nadie me pertenece, y aprendí que estarán conmigo el tiempo que quieran y deban estar, y quien realmente está interesado en mí, me lo hará saber en cada momento y contra lo que sea..."*, decía una parte de ese poema.

Él ya lo había leído porque Borges era, después de García Márquez, uno de sus preferidos a la hora de leer, pero ese día, en ese momento tuvo un significado especial, parecía un mensaje, una forma del mundo de decirle que debía pasar la página, que si ella no se manifestaba sería porque no lo sentía, porque no lo quería hacer, o quizá, porque nunca lo sintió.

- *"El amor es, a veces, una decisión"*, pensó, "perdona que no te espere más como te prometí, he decidido empezar a dejar de amarte Gisselle", siguió.

Aunque su mente racional sentía que debía hacerlo, su corazón no seguía esas directrices...

*"No obedecía".*

9

═══════════

# Congreso Médico

Karl sintió su teléfono mientras veía un paciente que llevaba muchos años siguiendo en su oficina, de esos pacientes fieles que lo seguían ciegamente por la confianza que producía el *"doctor K"*.

-*"Doctor Vianco"*, respondió secamente Karl al teléfono.

-*"Doctor Vianco, llamo a invitarlo como conferencista para que presente sus experiencias en el campo médico en tres meses en la ciudad de New York"*...

Hizo una breve pausa antes de continuar...

-*"El doctor Brown, quien es el organizador del evento, me encargó llamarlo para extenderle la invitación y me dijo que le comunicara que no acepta negativas"*, terminó diciendo.

Hacía mucho no sabía de su gran amigo y compañero de residencia, el doctor Brown, con quien Karl tenía una amistad especial de larga data.

-*"Por supuesto que iré, sobre todo por los honorarios"* bromeó el doctor Vianco con su interlocutor.

Él sabía que realmente no se pagaba muy bien por esos menesteres, pero la sola idea de verse con el doctor Brown y ponerse al día en sus vidas, tomar una cerveza y hablar de política le alegró el momento.

Karl dedicó varias horas a preparar su conferencia en el tema de control de hipertensión en pacientes diabéticos que debía alistar para su disertación. Lo disfrutó porque para él, los libros eran su vida, su alegría.

Preparó las imágenes a presentar con un cuidado especial, debía ser muy detallado porque médicos de todo el país acudían a este tipo de eventos.

Debía presentar los últimos desarrollos de la ciencia en el tema y más aún, investigó lo no científico, que para el momento se habría puertas como propaganda de médicos y *pseudo-médicos*, autodenominados "*influencers*" en las redes sociales y buscadores en internet.

Todo tipo de plantas y medicina alternativa, sus pros y contras, sus peligros, sus beneficios y demás. Sabía que no faltaría quien preguntara.

Había pasado más de dos años de no saber nada de Gisselle, ya en ese punto, su mente, sin olvidarla, la hacía a un lado sin mucha dificultad.

Tres meses después Karl aterrizaba en el aeropuerto John F Kennedy de Nueva York, donde lo esperaba el doctor Brown con su esposa.

- *"Venimos personalmente a recibirte porque tenemos que ponernos al día"*, dijo presuroso a Karl mientras le ayudaba con su equipaje de poco peso.

- *"¿Dónde dejaste a Mónica?"* preguntó, *"esperábamos verla también"*.

Después de un silencio prolongado, Karl le respondió mientras bajaba un poco la cabeza con un gesto que dejaba ver algo de tristeza.

- *"Nos separamos hace más de un año querido amigo".*

Los tres guardaron silencio.

El doctor Brown entendió que había detalles de ese hecho que Karl prefería no comentar hasta estar solos, pero sentía que necesitaba hablarlo, soltarlo, liberarlo, lo conocía bien.

Karl prefirió no hablar de su relación con Gisselle, no porque pensara que él no lo entendería, sino porque sintió que, si lo hacía, volvería a salir a flote un amor que todavía no se agotaba.

Sin embargo, pasaron una agradable velada en un elegante restaurante donde vaciaron dos botellas de vino acompañados de una exquisita cena estilo francés que no dejaba nada para la imaginación.

Temprano en la mañana, Karl llegó al hotel sede de la convención médica.

Después de organizar con el coordinador del evento la presentación incluyendo las diapositivas que traía en una memoria externa, se encontró con el doctor Brown que estaba acompañado del doctor Menéndez, un reconocido cardiólogo, un poco mayor que Karl, que practicaba en Filadelfia hacía muchos años.

Hablaron por un rato sobre temas relacionados con sus presentaciones y discutieron sobre cómo habían encontrado la ciudad de Nueva York, de la inseguridad que últimamente reinaba en la ciudad, pero también de lo imponente de sus calles y avenidas, del clima y de la posibilidad de lluvias, de los restaurantes y teatros.

El doctor Menéndez, después de unos minutos, se excusó para ir al baño en preparación para su presentación.

Él era un obsesionado con su presentación personal y cuidaba su imagen ante cualquier evento. Totalmente lo opuesto de Karl en ese sentido.

Una vez solos, el doctor Brown se le acercó asegurándose de no ser oído por otras personas.

- *"¿Sabes que se separó de su mujer por una mujer mucho más joven?"*...

Después de mirar alrededor, siguió.

-*"Una residente que se separó de su marido recién llegada a su programa de residencia".*

Karl, sintió que el mundo le caía encima, no podía tomar suficiente aire, se sentía ahogado. Sin embargo, no dijo absolutamente nada, dejó que su colega y amigo siguiera hablando.

- *"Él muestra la foto de su novia a todo el que se le acerca"*, siguió, *"no tiene nada de raro que te la muestre ahora que vuelva del baño".*

Y así fue, rápidamente después de llegar del baño, el doctor Brown le preguntó...

- *"Doctor Menéndez, ¿dónde dejó su novia?".*

El doctor Menéndez, con orgullo, mostró en la pantalla de su teléfono una foto que extendió con una cara de satisfacción que trascendía la longitud de su brazo.

Con eso, terminó de hundir una daga profunda en medio del pecho ya herido de Karl.

- *"Es ella, es ella, es ella"*, pensó Karl.

Su cara se desfiguró, sus piernas se doblaban ante el dolor que esa foto le producía.

Tomó el teléfono con su mano y miró su foto. Cada detalle de esa foto era algo que conocía perfectamente.

Le dolió, le dolió mucho, la película de lo vivido retrocedía como quien retrocede un video en YouTube.

- *"Ella llega mañana"*, respondió el doctor Menéndez, *"será como luna de miel, no puedo perder un día en mi vida, cada día puede ser el último para mí desde que estoy con esa mujer, estoy enamorado"*, siguió.

Karl, movido por la curiosidad y probablemente una sensación de terminar de enterrar esa daga en su pecho que lo llevara a borrar de cualquier lugar de su memoria a Gisselle, más aún, con el ánimo de lograr verla como una mujer de mala clase, ligera de piernas, de poco valor, preguntó...

- *"¿Qué se siente tener una mujer tan joven... cómo lograste llevarla a la cama?"*

- "¡Uno tiene sus propios trucos de cacería doctor Vianco, más vale el diablo por viejo que por diablo!", respondió el doctor Menéndez con cara de orgullo, como quien dicta cátedra de conquista.

Karl lo seguía mirando como esperando que se extendiera en su respuesta, sin embargo, no logró obtener más.

*Ni siquiera sabía lo que quería oír.*

Aunque era evidente la situación, Karl quedó con más preguntas que respuestas.

No pudo evitar pensar que el doctor Menéndez se refiriera a Gisselle como un pez que sacó del mar con "trucos", porque para él, el único truco sería el amor que nació entre los dos. Pero...

- *"¿Fue amor entonces?"*, se preguntó en silencio. Ese día, Karl hizo una presentación brillante, pero sin alegría, plana.

Una vez terminada su disertación, y casi sin responder preguntas de los asistentes, presuroso adelantó su viaje de vuelta a Chicago.

*Definitivamente hubiera preferido no asistir a ese evento.*

Horas después estaría aterrizando en el aeropuerto O'hare de Chicago, donde tenía su automóvil parqueado.

No pudo evitar ver el asiento trasero de su auto, donde tantas veces sucedieron hechos que le afectaban...

*Mucho.*

Abrió su cajuela para guardar su pequeño maletín de mano y su computador.

Tomó un respiro mientras se apoyaba en la puerta como si de pronto fuera muy pesada para él. Buscó en su bolsillo el tiquete de salida del aeropuerto y entró a su auto.

Se sentía destrozado nuevamente, como si la hubiera visto ayer. No entendía nada. Su mente estaba nublada. Durante los siguientes tres meses se preguntó una y otra vez...

-*"¿Por qué Gisselle unió su vida al Dr. Menéndez, por qué no lo buscó a él si se había separado?"*.

Sabía por la conversación del doctor Menéndez que él fue su apoyo durante la separación de su esposo, pero también que en ese momento

Gisselle estaba haciendo su rotación por cardiología, departamento del que Menéndez era el jefe.

Lo merodeaba la idea de haber sido engañado todo el tiempo por un amor que no era cierto, o, tal vez, si era cierto, pero él estaba casado en ese momento...

-*"¿Sería eso?, ¿por eso no me buscó?"*, se preguntaba una y otra vez.

Karl nunca volvió a hablar con el doctor Brown por un tiempo después de ese congreso y evitaba inclusive sus *e-mails* invitándolo a otros eventos médicos.

El tiempo siguió su marcha imparable y Karl decidió seguir su vida, abrir su corazón a nuevos amores, nuevas mujeres que llenaran parcialmente su corazón.

Varias relaciones pasaron por su vida. Nunca sintió la felicidad que le daba Gisselle en su momento.

Tal vez no quería volver a vivir esa desilusión.

*- ¿Miedo?*

A pesar de que siempre era invitado a participar en ese y otros congresos médicos, durante el próximo año, él decidió no hacerlo...

*No se sentía preparado para afrontar esa situación nuevamente.*

# 10

# De Vuelta en Nueva York

Dos años después recibió la misma invitación, sería para participar como moderador en discusiones médicas en el mismo congreso anual, nuevamente liderado por su gran amigo el doctor Brown.

Lo dudó, pero aceptó ir, aun cuando sabía que el doctor Menéndez, y por lo tanto Gisselle, estarían ahí.

No sabía que lo impulsaba a aceptar nuevamente ir a ese congreso, tal vez quería terminar de matar su dolor, su desilusión.

Como si viviera un *"deja vu"*, Karl aterrizaba nuevamente en el aeropuerto de Nueva York.

Esta vez pidió a su amigo no recogerlo. Tal vez necesitaba algo de soledad para vivir ese momento que ya había vivido y que por alguna razón todavía le producía dolor.

Al amanecer, después de una larga noche en el hotel cercano al evento, se sentía renovado, pensaba que estaba preparado para borrarla como ella lo hizo con él.

- *"¿Nunca fue amor"*, pensó moviendo los labios como si hablara, *"quizá necesitaba un hombre en ese momento"* seguía, *"un despecho por*

*situaciones con su esposo?"*, no paraba, *"fantasía con hombres maduros? ...
¿acaso una enferma sexual?"* ...

Decidió poner su mente en blanco, al fin y al cabo, él se enamoró de ella como era, la amó así, con sus defectos y virtudes, sin preguntar...

*La vio como su alma gemela.*

No quería juzgarla, simplemente no podía hacerlo, su mente se negaba a hacerlo.

Al llegar aquella mañana, se le asignó su puesto en la tarima principal, donde se encargaría de moderar la discusión del tema principal de la conferencia acerca de tratamientos emergentes para pérdida de peso y diabetes.

La asistencia era nutrida, llamó su atención que no encontró en el programa de la conferencia el nombre del doctor Menéndez, pero pensó que quizá prefirió ir de viaje con su nueva novia.... Gisselle.

- *"Mejor"*, pensó, *"así me dedico a lo que vine, lo disfruto"*.

Su intervención fue memorable, la asistencia lo ovacionó, se lo mereció.

*Magistral, sencillamente magistral.*

Aunque sentía un gran orgullo de haber participado, decidió salir presuroso del lugar, había hecho planes para salir a cenar con su gran amiga Sofía, con quien tenía una amistad desde la niñez y cada mes se contactaban por mensajes de texto para saludar y no perder contacto, nunca hubo relación de amor entre los dos, pero ese día él pensó que podía...

-*"Abrir esa puerta"*.

Mientras salía caminando del lugar, sintió una voz femenina que le llamaba por su nombre casi gritando.

-*"¡Karl!"*.

Karl dio la vuelta para ver a la mujer que lo llamaba...

*Casi de inmediato la reconoció.*

Era ella... hermosa, sublime, perfecta, al menos, así la percibía él desde el primer momento en que la vio.

No sabía lo que sentía. No lo sabía. Tampoco sabía qué decir.

*Se quedó en silencio, mirando cómo ella se le acercaba.*

Gisselle, vestida con traje ajustado a su figura, con una sonrisa impecable, no escondía la felicidad de verlo.

- *"Karl, nunca supe más de ti"*, dijo ella.

Lo miraba como si quisiera revisar si de alguna forma había cambiado desde la última vez que lo vio.

- *"Has bajado de peso, pero te ves hermoso lindo"*, le dijo en voz entrecortada.

- *"Supe que te separaste después de que nos dejamos"* dijo Karl.

Su tono sonaba serio, pero dejaba ver algo de nerviosismo entrecortando su voz.

- *"Me decepcioné"*, dijo ella, *"finalmente no pude aguantarlo más"*...

Dejó una pausa mientras lo miraba a los ojos, quería buscar en los ojos de Karl el amor que había sentido por ella.

-*"Traté de mejorar la relación, pensé que en parte era mi culpa por estar enamorada de ti"*, terminó diciendo.

- *"¿Viniste con el doctor Menéndez... estás feliz?"*, preguntó Karl.

- *"Ha sido un error"*, dijo ella con una pequeña lágrima asomándose en sus ojos.

Karl no pudo ocultar el sentimiento de felicidad en el momento.

La amaba y era evidente... *mucho.*

- *"Prefiero que no hables de eso Gisselle"*, dijo Karl.

- *"Sentí que podría encontrarte a ti en él lindo"*, dijo Gisselle.

Esta vez las lágrimas desbordaron el límite de sus ojos.

Karl dio vuelta a su cuerpo como evitando confrontar lo que oía.

- *"Lindo"*, dijo Karl en voz casi imperceptible, con ironía.

Dio varios pasos lejos y volvió a dar vuelta a su cuerpo hacia ella.

*Todo quedó en silencio.*

Subió la mirada para encontrarse con esos ojos hermosos que se clavaban directo en los suyos, como retorciendo esa daga que penetraba su corazón hace varios años.

- *"Sufrí mucho... no sé si sufrí más cuando te alejaste, o cuando me enteré de tu nuevo amor"*, siguió Karl, *"vivimos tantas cosas que pensé que eran únicas para ti, y que solo vivirías conmigo"*.

-*"Nunca dejé de amarte Karl, hoy que te veo entiendo lo feliz que me hacías, la paz que dabas a mi vida y la satisfacción que dabas a mi ser como mujer, como persona y como profesional... necesito que me creas lindo"*, dijo Gisselle mientras una lágrima corría por su mejilla.

Karl se dio cuenta al verla de que, a pesar de todo el sufrimiento que esa mujer causó y todas las noches de desvelo, todavía la amaba, seguía siendo la mujer más hermosa que sus ojos habían visto.

Por su mente corría una frase que él mismo decía siempre,

- *"El amor verdadero no muere, no se acaba, solo duerme".*

Mientras seguía mirándola, su mente no podía evitar seguir pensando.

- *"Tal vez ella nunca me amó de verdad"*, pensó en silencio.

Sostenía su mirada en ella con ojos humedecidos por las lágrimas que pretendía no dejar caer.

La sola idea de Gisselle en la cama con otro hombre le destrozó el pensamiento.

Súbitamente, el cielo se volvió oscuro, lleno de nubes, algo de brisa fría que congelaba su espíritu...

*Pero también el de Gisselle.*

Gisselle tiritaba de frío. Se sentía como si el mundo que los rodeaba nuevamente desapareciera, como si fueran solo los dos en ese mundo...

*Nadie más.*

Karl se acercó a ella, lento con paciencia, con ojos de amor.

Se quitó su blazer, precisamente el blazer que ella había comprado para él en una Navidad, la cubrió y se alejó dos pasos nuevamente.

*- "Dolió Gisselle, dolió mucho".*

Todo quedó en silencio.

*Solo silencio...*

Carlos Riveros es médico internista con licencia en Estados Unidos y Colombia.

Recibió un reconocimiento por el congreso de Estados Unidos y más recientemente por el senado de la República de Colombia por su trabajo en favor de la comunidad hispana en la Florida, donde actualmente ejerce su profesión, y por su incansable labor durante la pandemia del virus COVID-19.

Encuentra en la escritura la forma de contar historias que describen al ser humano, con sus virtudes, pero también con sus defectos. En sus libros refleja historias sencillas tanto de la realidad como de la fantasía, siempre adornadas por el orgullo que siente por su tierra.

# Otros Títulos de Este Autor

- **Morir No Era Una Opción. (Versiones en inglés y español)**

En este libro cuento en primera persona la historia real de un secuestro ocurrido hace más de 30 años, las vivencias durante varios meses, la forma como se negoció la liberación y las secuelas emocionales y familiares del secuestro. Los hechos se desarrollaron en las montañas del norte de Colombia y los relatos están llenos de los paisajes acogedores de la región, la cultura de sus habitantes y el folclor inconfundible de la tierra vallenata

- **Cerebro Por Cárcel**

El doctor Kaffman, descubre su habilidad para escuchar la mente de sus pacientes, hasta que se encuentra con una mente más poderosa que lo atrapa y doblega su capacidad, introduciéndolo en un mundo oscuro del que quisiera no haber entrado. La trama se complica cuando ese mundo se vuelve la realidad lúgubre que nunca debería ser revelada.

- **Un Día Como Nunca**

Un Día Como Nunca Un Día Como Nunca cuenta la historia basada en hechos reales de una mujer que fue abusada física y mentalmente por su propio esposo. Expone la maldad sin límites del ser humano, pero también la codependencia de personas que sin saberlo se buscan para abusar y ser abusadas, en una espiral que en casos como este, puede desembocar en tragedias de vida, y evidencia cómo las consecuencias no solo afectan a los involucrados, sino a las siguientes generaciones. La historia, sin embargo, también demuestra cómo la resiliencia logra el reencuentro con la vida y construir desde las cenizas.